Je me marierai avec Anna

Pour Laurence et Sylvie

T. L.

Conforme à la loi n° 49956 du 16 juillet 1949 sur les publications destinées à la jeunesse
ISBN 209282618 - 2
N° éditeur : 10102927 - Dépôt légal : mars 2004
Imprimé en France par Pollina, 85400 Luçon - n° L92576

Thierry Lenain

Je me marierai avec Anna

Illustrations d'Aurélie Guillerey

Nathan

Ma mère m'embêtait.

Elle voulait savoir

si j'avais un amoureux.

Ça ne la regardait pas,

mais elle insistait.

– Cora, je suis sûre

que tu as un petit chéri...

Je n’étais pas idiote. J’avais compris. Elle aurait été ravie que mon amoureux, ça soit Bastien. Elle le trouvait mignon, bien élevé et tout le reste, en un mot : parfait.

– Ça ne serait pas Bastien ?
Non, ce n'était pas Bastien.
– Pourtant sa mère m'a dit
qu'il t'aimait beaucoup…

N'importe quoi ! C'était des inventions à elles deux tout ça, pour que Bastien et moi on se marie plus tard, et qu'elles, elles restent copines… Manque de chance, je ne peux pas voir Bastien en peinture. C'est un nul. C'est un garçon.

– Dis-moi, Cora, quand tu seras grande, avec qui te marieras-tu ?

Mais qu'est-ce que ça pouvait bien lui faire ?

Pour qu'elle arrête de m'énerver,
je lui ai dit la vérité.
– Quand je serai grande,
je me marierai avec Anna.

La bouche de maman
s'est arrondie, façon poisson :
– Avec… Anna ?

– Oui, avec Anna.
C'est ma plus grande copine.
On rigole toujours nous deux.
On est drôlement bien ensemble.
On s'est juré de ne jamais
se quitter de la vie, jusqu'à
ce qu'on devienne vieilles.
Et puis Anna et Cora, ça rime.
C'est très joli, je trouve.

Maman s'est ressaisie.
Elle a éclaté de rire.
– Mais… ANNA EST UNE FILLE !
Ça se voit qu'Anna est une fille, je ne suis pas aveugle ! Et alors ?
– Enfin, ma chérie, ne sois pas idiote… Une fille ne peut pas se marier avec une fille…

Les autres filles, je n'en sais rien.
Mais moi quand je serai grande,
je me marierai avec Anna.

Maman a appelé papa
à la rescousse.
– Figure-toi que TA fille
veut épouser Anna !

Papa a sorti le nez de son livre.
Il a dit :
– La petite du cinquième ?
Elle est très gentille…

C'était un mauvais jour.
Un jour où il ne fallait pas marcher sur les pieds de maman. Même avec des pantoufles.

– Ne te moque pas de moi ! a grondé maman.

– Je plaisantais, chérie… a vite répondu papa.

Il s'est tourné vers moi :

– Et toi aussi tu plaisantais, n'est-ce pas, Cora ?

Pas du tout. Je n'aimais pas Bastien. J'aimais Anna.

La mine de papa s'est d'abord allongée. Puis il a pris un air qu'il croyait malin :
– Et… comment feras-tu pour avoir un bébé, Cora mon chou ?

Il aurait dû trouver autre chose. Avec Anna, on avait déjà tout préparé.

– Je ferai un bébé toute seule. Anna aussi. On habitera la même maison et…

Je leur aurais bien décrit la maison, grande et très belle...

Mais maman a poussé un cri,
comme si elle avait posé
les fesses sur un nid d'orties.
Papa s'est fâché :
– Cora, arrête d'embêter ta mère
avec ces bêtises !
– C'est elle qui a commencé !
j'ai crié.
– File dans ta chambre ! a hurlé
maman.

Je les ai laissés dans le salon. Pendant que papa essayait de calmer maman, j'ai ramassé tous les paquets de biscuits qui traînaient dans la cuisine. Et aussi trois bananes, quatre pommes et deux yaourts. J'ai filé dans ma chambre et je m'y suis enfermée. À double tour.

Ma mère voulait m'empêcher de me marier avec Anna ? Elle allait voir ce qu'elle allait voir.
Je n'ouvrirais plus jamais la porte de ma chambre. Plus jamais de jamais. Même si elle pleurait à genoux de l'autre côté, avec de grosses larmes qui s'écrasaient par terre. Même si ça faisait une flaque qui passait sous la porte.

JE N'OUVRIRAIS PAS !

Ça serait dur, parce qu'un jour
il ne me resterait plus
de provisions, et j'aurais faim.
Mais tant pis. Quand je serais
presque morte, je crierais au
secours par la fenêtre. La police
viendrait. Elle me délivrerait
et emmènerait mes parents
en prison. Et moi je pourrais
me marier avec Anna.

Je réfléchissais à tout ça en croquant une pomme. J'imaginais papa et maman derrière les barreaux. Anna et moi, on leur apporterait des oranges, avec nos bébés dans les bras…
Du coup, j'ai failli ne pas entendre maman qui toquait doucement à la porte.

– Excuse-moi, Cora, je me suis un peu énervée tout à l'heure… Tu viens manger ?

C'était peut-être une ruse. Mais à bien y réfléchir, être presque morte de faim, ça ne devait pas être rigolo.

Et puis la nuit était tombée
avec toutes ces histoires.
Si ça continuait, j'allais devoir
m'endormir là, sans bisou ni rien.

J'ai demandé :
– Quand je serai grande,
je pourrai me marier avec Anna ?
– Pas te marier, a répondu
maman. Mais habiter avec elle.
Enfin, si tu le veux encore
à ce moment-là...

J'ai ouvert.
C'était bien ce qui me semblait :
ça sentait le gâteau au chocolat.

Plus tard, mes parents croyaient que je dormais. Ils s'embrassaient en pouffant de rire de l'autre côté du mur.

– Tu verras, a gloussé papa, dans quelques années, elle ramènera un beau garçon à la maison… Peut-être même Bastien !

J'ai rigolé sous ma couette.
J'ai bien rigolé.
Bastien ? Sûrement pas !
Quand je serai grande,
je me marierai avec Anna.

Thierry Lenain

Thierry Lenain est né en 1959. Il a commencé à écrire à l'âge de huit ans et depuis, il n'a jamais cessé. Il publie des romans tout spécialement pour les enfants. Il vit à Grenoble où il est instituteur-éducateur.
Retrouve Thierry Lenain sur son site à l'adresse suivante : http ://thierrylenain.free.fr

Aurélie Guillerey

Impossible d'écrire une biographie plus longue en ce moment ; avec mon amoureux, nous venons d'avoir une merveille de petit garçon ! En tout cas, voilà une bonne raison d'illustrer des livres pour enfants.

Thierry Lenain

Thierry Lenain est né en 1959. Il a commencé à écrire à l'âge de huit ans et depuis, il n'a jamais cessé. Il publie des romans tout spécialement pour les enfants. Il vit à Grenoble où il est instituteur-éducateur.
Retrouve Thierry Lenain sur son site à l'adresse suivante : http ://thierrylenain.free.fr

Aurélie Guillerey

Impossible d'écrire une biographie plus longue en ce moment ; avec mon amoureux, nous venons d'avoir une merveille de petit garçon ! En tout cas, voilà une bonne raison d'illustrer des livres pour enfants.

Dans la même collection

ARNAUD ALMÉRAS • Série « Barbichu », illustrée par Jean-François Martin : *Barbichu et la machine à fessées - Barbichu et le détecteur de bêtises* • Série « Calamity Mamie », illustrée par Jean-Louis Besson : *Calamity Mamie - Les vacances de Calamity Mamie - Le Noël de Calamity Mamie - Calamity Mamie et bébé Chloé - Calamity Mamie à l'école - Calamity Mamie se marie - Calamity Mamie au grand stade - Calamity Mamie n'en rate pas une* •

ROSE-MARIE ARRIVÉ-FRANCO • *Sur les genoux de Mamou*, illustré par Robin •

HUBERT BEN KEMOUN • Série « Nico », illustrée par Régis Faller : *Tous les jours, c'est foot ! - Même pas cap ! - C'est quoi ta collec ? - Comme une grenouille - À fond les rollers ! - J'ai 30 ans dans mon verre - Maudit Mardi Gras ! - Tu veux sa photo ?* •

CLOTILDE BERNOS • *La Diva Maria Gertruda !*, illustré par Teresa Sdralevich •

JEAN-MICHEL BILLIOUD • *Le vélo, c'est trop dur !*, illustré par Cyril Cabry •

FLORENCE CADIER • *Qui est Laurette ?*, illustré par Stéphane Girel •

CLAUDE CLÉMENT • Série « Barbaclou », illustrée par Rémi Saillard : *Princesse Chipie et Barbaclou* •

JEAN-LOUP CRAIPEAU • *Chipie-Cata et la sorcière*, illustré par Yves Calarnou •

FRANÇOIS DAVID • *Allô papa, raccroche !*, illustré par Robert Barborini • *Comme des frères*, illustré par Frédéric Rébéna • *Vive le progrès !*, illustré par Fabrice Turrier • *Attention, chien pas méchant !*, illustré par Béatrice Rodriguez •

ELSA DEVERNOIS • *Qu'est-ce que tu me donnes en échange ?*, illustré par Pierre Bouillé •

DANIELLE FOSSETTE • *Je ne veux pas aller au tableau !*, illustré par Véronique Boiry • *Je me marierai avec la maîtresse*, illustré par Jean-François Dumont •

JACQUELINE FRASCA • *Dent de loup*, illustré par Yves Calarnou •

RENÉ GOUICHOUX • *Moi, Ferdinand, quand j'étais* pirate illustré par Christophe Merlin •

ALAIN GROUSSET • *Mes premières vacances tout nu*, illustré par Bruno Salamone • *J'ai été mordu par un extraterrestre !*, illustré par Martin Jarrie •

ANNE ET CLAUDE GUTMAN • *Comment se débarrasser de son petit frère ?*, illustré par Serge Bloch •

CLAUDE GUTMAN • *Doudou Premier*, illustré par Christophe Blain • *Mon dernier cours de violon*, illustré par Éric Meurisse •

Dans la même collection

CATHERINE LAMON-MIGNOT • *Gentil squelette cherche amourette*, illustré par Dominique Corbasson • *Y'a un fantôme dans les cabinets !*, illustré par Joëlle Passeron • *La mère Fouettarde*, illustré par Gaétan Dorémus •

THIERRY LENAIN • Série « Mademoiselle Zazie », illustrée par Delphine Durand : *Mademoiselle Zazie a-t-elle un zizi ? - Mademoiselle Zazie veut un bébé* • Séric «Bravo Léo», illustrée par Serge Bloch : *Crocodébile - Au secours, les anges !* • *Menu fille ou menu garçon ?*, illustré par Catherine Proteaux • *Vive la France !*, illustré par Delphine Durand • *Le livre qui fait peur*, illustré par Gaétan Dorémus • *Le mariage, c'est pour les nuls !*, illustré par Charles Dutertre • *Jim le cow-boy et Cochise l'Indien*, illustré par Jörg Mühle • *Je me marierai avec Anna*, illustré par Aurélie Guillerey •

DIDIER LÉVY • Série « Le chevalier Bill Boquet », illustrée par Vanessa Hié : *Les grands débuts du chevalier Bill Boquet - Le chevalier Bill Boquet au château de l'Araignée* • *Lino dans de beaux draps*, illustré par Magali Bardos •

GENEVIÈVE NOËL • *Un super anniversaire*, illustré par Yves Calarnou •

YVES PINGUILLY • *Les vacances du poisson rouge*, illustré par Fabrice Turrier •

MICHEL PIQUEMAL • *Laissez passer les biquettes !*, illustré par Benjamin Chaud •

ANN ROCARD • Série «Garou-Garou», illustrée par Christophe Merlin : *Le loup qui avait peur de tout - Le loup qui tremblait comme un fou - Le loup qui n'avait jamais vu la mer - Le loup qui sifflait trois fois* • *Le vampire qui avait mal aux dents*, illustré par Claude et Denise Millet •

BÉATRICE ROUER • Série « Jennifer, Laetitia et Olivier », illustrée par Rosy : *T'es plus ma copine ! - Mon père, c'est le plus fort ! - Le pestacle et les pétards - Nulle en calcul ! - Tête à poux - La maîtresse en maillot de bain - Le fils de la maîtresse - Je le dirai à ma mère ! - C'est mon amoureux ! - La tête à Toto - Le fantôme des oubliettes - Le monstre c'est mon frère !* • *Panique et chasse d'eau !* •

MARJANE SATRAPI • *Les monstres n'aiment pas la lune*, illustré par l'auteur •

EMMANUEL TRÉDEZ • *Et si les poules avaient des dents ?*, illustré par Éric Gasté •

CLAIRE UBAC • *Hugo n'aime pas les filles*, illustré par Jean-François Dumont • *Comment j'ai trompé la petite souris*, illustré par Alice Charbin •

ZIDROU • *Le grand amour de Mathurin Pinpin*, illustré par Yves Calarnou •